김성자 시집

어느 날 모든 것이 떠났다

문학과의식

Literature & Consciousness Since 1998

시선집

151

김성자 시집

어느 날 모든 것이 떠났다

봄비 가만 가만 숨어드는 갈대숲에
들새 한 마리 첨벙 날아든다
못 다한 고백처럼 아지랑이가
흩뿌려 놓은 빈 가지 마다
새 살이 돋는다

나는 늘 길 위에 서 있었다
내가 걸어온 길은
여전히 되돌아오는 것들로 무성했다
햇살이 그랬고, 구름이 그러했으며
그 많은 꽃들이 그러했다

그러므로 나는 미처 못 다한 고백이 많다

2022년 6월

김 성 자

| 차례 |

시인의 말

1부

2부

3부

4부

제1부

구멍 난 벽

코트를 붙들고 있던 나사가
어디론가 달아났다
벽이 나사를 풀어 버렸거나
코트가 나사를 놓아 주었거나
아무튼 어느 한쪽의 배신이 아니라면
주범은 코트의 주인이다

저 벽은 처음부터
등골이 휘어지도록 버티는 힘으로
나사를 받아들였을 것이다
제 몸에 구멍이
마련한 상처인 줄 뻔히 알면서
그 상처의 모서리가 헐어 낡을 때까지
나사를 끌어안았을 것이다

누군가를 껴안을수록
상처는 어둠보다 더욱 깊어진다

누군가 다시 빠져 나간 자리에
채워지지 않고 더욱 선명해지는
숭숭. 뚫린 나사 자국

사랑의 상처처럼
벽은 제 몸 안에 바람구멍을
받아들이고 딱딱한 내 가슴 깊은 곳에서
송곳 바람으로 드나들곤 한다

하루살이

이른 새벽안개가
목덜미에서 버둥거리는 인력시장
드럼통에서 타오르는 빨간 불꽃들이
어둠을 야금야금 갉아먹고 있다
이름 부를 때마다
거친 손들이 하나둘 떠나고
절름발이 최씨는
오늘도 낡은 간이 의자에 앉아
덩그러니 홀로 남았다

어디 오갈 데 없는 바람이
한쪽 다리가 부러진 빈 의자 근처를
맴돌았다
등 굽은 최씨 손수레에서
폐지와 고물이 산이 된다
가지 한 줄, 잎사귀 한 장 없는
손수레 고물 산
넘쳐나는 잡동사니 사이에서
버려지고 남겨진 상자들이 바람에 펄럭일 때
덜거덕거리는 지하철 앓는 소리는
터질 듯 부풀어 생의 종착역에 가까워지고

사금파리 같은 시간이
내 앞을 지나가고 있다

상속

팔순이 넘어서도
그녀의 뼈만 남은 몸은
여전히 밭이었다

평생 그 무덤 같은 밭에서
곡식을 뿌리고 김을 매어도
낫으로 잘라 낼 수 없는
가시들이 실하게 자리 잡았다

야금야금 가시들이
밭을 갉아먹기 시작했다
쿡, 쿡 찔러댔다
상처투성이 주름 밭에서
가시들은 기름져 갔다

검버섯 같은 가시 그늘에서
삭히고 보듬으며 버텨온 팔순의
삭정이 같은 시간들

어느 사이
내 가슴 한쪽을 비수로

찌르던 가시가
밭이 되어 무성하게 자라났다

도둑고양이

 고양이가 며칠째 어둠을 노리고 있다 집을 나온 것일까 길을 잃어버린 것일까 아니면 아예 가족이 없는 것일까 도로의 헤드라이트는 지친 눈과 몸에 화상을 입힌다 자신을 구하려고 여기저기 달빛을 뒤지고, 허기진 배 채우기 위해 발톱을 세우다가, 한때는 누군가에게 길들여 놓은 시간들을 쓰레기통에서 뒤적이며 찾기도 한다 두 눈 반짝이며 조용한 걸음걸이, 저 자신도 믿을 수 없다고 두리번거리며 어둠을 몰고 다니고 있다

 누가 저 고양이에게 어둠 헤집는 버릇을 가르쳐 주었을까, 도둑맞은 시간들, 저당 잡힌 밤거리가 네온으로 찬란하다

모기

뜨거운 입술로
나의 꽃 꿀 탐하지 마라
너의 꽃이 아니다
맹목적인 열병의 날갯짓은
치명적인 비수가 된다

스토커의 두려움으로
충혈 되는 한여름 밤
열대야가 벗겨놓은 은밀한 속살은
달콤한 꽃 꿀
끈적한 네 입술에 일순간 걸려들어서
나는 몸부림친다

열정의 입맞춤과 깊은 포옹에도
내 심장의 피는 뜨거워지지 않고
고통과 불면의 밤바다를 표류한다

악연으로 만나
하나가 될 수 없는 우리
붉은 수액만 부풀어
쓰라린 추문으로 환하다

얼룩

아침 출근길
4차선 도로에 고양이 한 마리
너덜너덜 짓이겨져 있다
못 본 척 지나치는 사람들과
그 위를 미끄러지듯 지나가는
자동차 행렬이 무심하다

늘 지나치는 익숙한 길과
낯선 길, 또 다른
혼돈의 길에서 무단 횡단한
얼룩은 오래 되어도
쉽사리 지워지지 않는다

가끔
내비게이션도 바이러스에 걸려
길 잃어 방황하듯
길에서 길을 만나
이정표를 잃어버린
얼룩진 마음을
푸른 신호등이 어루만지고 있다

김치의 이름

본래 김치의 이름은
두루두루 몇 가지 된다

도마 위에 올라가면
토막 김치라 부르고
두부와 파, 약간의 양념들과
서로 끌어안고 어우러지면
더는 김치가 아니고
김치찌개로 끓는다

밥상에서
김치가 입에 물리면
이따금 두부 몇 줄 잘라 넣어 놓고
새 이름을 생각하다가
두부김치찌개라고 부르기도 한다

길을 나설 때마다 옷 갈아입듯
달라져 가는 이름들

나는 태어날 때 불러주던
이름을 불판에서 달달 볶는다

고기 불판

불판에서 사람들은 고기를 굽는다
뜨거운 불판에는
걸어온 길들이 익어가고 있다

절뚝거리며 평생 걸어온
할머니의 돌밭길이 지글지글 타오르고
어머니 땡볕 길이 바삭바삭하다
이정표 없이 달려온 나의 길은
뜨겁게 이글거리고 있다

한 끼의 포식을 위하여
희, 노, 애, 락을
지지고 볶고 삶아 무치며
삶을 요리하고
적당한 양념으로
간을 맞추었던 샛길들이
뜨거운 불판에서 되살아나고
잠시 한눈팔고 걸어온
눈먼 길이 까맣게 타버려
미련 없이
쓰레기통으로 버려진다

새벽, 일어서다

오토바이 소리에
놀라 깨어 일어서는 새벽
신문 한 뭉치가
황급히 현관문을 열었다

멀리 개 짖는 소리에
황급히 새벽안개 속으로
멀어져가는
어둠의 발걸음 소리 따라서
여명이 일어서고

반쯤 눈뜬 사랑 껴안고
밤새워 뒤척이던 이불이
시어머님 기침 소리에
황망히 일어서기도 한다

내 안의 반쪽 그림자는
아직도
어두운 잠의 수렁에 빠져
사방을 허우적거리고 있다

김장

겨울이 오면
허전한 빈 가슴 채우고 싶다

봄날 푸성귀 같은 신선함에
푸른 바다 젓갈 향기와
싱싱하게 물오른 굴
향기 나는 갓이며 쪽파를 넣는다

겨울이 오면
고춧가루보다 더 매운 열정을
듬뿍 담아
찐득찐득한 찹쌀풀로 힘껏 버무리면서
동장군 같은 마음
빈속의 공허함을 가득 채워본다

겨울 선풍기

중환자실의 그
제 할 일 다했다고, 쉬고 있다
한여름 땡볕을
가슴에 끌어안고 돌던 연민도
한 마리 잠자리 되어
날개를 파닥이던 열정도
모두 깊은 잠을 자고 있다

산꼭대기 바람의 함성을
제 몸 안에서 누에같이 풀어내던
화수분 같은 그
콘센트 뽑힌 어두운 방에서
미이라 되어
푸른 바람을 쏟아 낼
새로 돋아날 날개를 꿈꾸며
기억의 미로를 돌고 있다

재래시장의 오수 午睡

재래시장 앞
허름한 차림의 할아버지 옆에
낡은 손수레 한 대 얌전히 졸고 있다
동그란 바퀴 네 개가
금방이라도 달려 나갈 듯하다

텅 빈 손수레 짐칸에 대고
햇살이 눈부시게 조잘대고 있는 오후
장사꾼들의 눈꺼풀은
식곤증의 무게를 이기지 못하고
좌판에 늘어선 푸른 채소와
알록달록 색깔의 과일들이
한산한 시장 안을 싱싱하게
깨우고 있다

엘리베이터

좁고 어두운 족쇄의 터널을
훌-훌 벗고
천리마 되어 날개를 펴고 싶다

거식증 환자같이
먹어도 먹어도 배설이 안 되고
절정이 느껴지지 않는
포화상태의 위장
파열음 일으키며
울컥울컥 구토를 한다

손에 쥔 눈높이의 고삐
천천히 늦추고 조여 주며
하나씩 채우고 비우기의
끝없는 연습에도
오르고 내리는 체감온도 변화 없다

지루한 반복의 연속성
불감증에 묶인 발을 풀고
롤러코스터의 전율을 느끼고 싶다

은행마을 삽화

한가로운 오후
은행마을 가로수 길에서
바람이 동동 발 구르고 있다
순간
후—두둑 떨어지는
진한 가을 열매 향기들이
거리 횡단을 시작한다
노랗게 펼쳐지는 금빛 융단에
조용한 거리가 소란스러워지고
짧고, 긴 사연들이 바람에 날린다
어제의 더위들이 숨바꼭질하는
가로수 그늘에
알을 품던 박새의 작은 깃털이
은행나무들 사이를 산책하고
하늘에 걸어놓은 투명한 수채화 한 폭
노란 가을이
발걸음을 붙잡는다

빨래 바구니

소란스러운 바구니를 열어보니
숙성된 냄새가 자라고 있다
아무도 가져가지 않는 익숙한 기억들
만지면 얼룩들이 묻어나온다

바구니에서
놀이터를 다녀온 모래가 뛰어놀고
오래된 김칫국물이
구겨진 몸을 일으키며
포자들이 분열한다

바구니에
종일 뛰어다닌 시간이 쉬고 있고
피곤이 달여지고 있다
누워있던 손발이 제 몸을
훌훌 털고 일어서고 있다

한증막

황토로 지은 토끼 굴에
토끼를 잡으려고
소나무 땔감을 태우고 있어요
토끼는 산과 들에 뛰어놀고
정작 잡힐 토끼도 없는데
너도나도 호기심 동해서
열정이 달아오르도록 모래시계를
바라보고 있네요
쉼 없이 토끼 굴로 들어가서
숨 막히는 생존은 땀을 쏟고
헐떡거리네요
예측할 수 없는 압박에
온몸이 위태로운 순간
무모한 심신은 탈출을 시도하고
마침내
차가운 현실로 돌아오지만
여전히
토끼는 산과 들에서 놀고
또다시 잡을 수 없는
황토 굴로 발길을 돌리고 있어요

연탄

겨울 한 복판
길고 긴 밤을
짝사랑 열병에 검게 멍들어
상사병으로 활–활 불타오르다

새벽 어스름
누군가의 발길질에 나뒹굴다가
하얗게 질린 얼굴로
얼어붙은 길에
멍하니 쪼그리고 있다

삼복 날

고공 행진 수은주에 점령당한
한나절,
거리는 바람도 한소끔 쉬고 있다
불볕더위 한 덩이 무단 횡단하고 달려와
노인을 주저앉히려 들고
계엄령에 걸린 빨래도 시위를 멈춘다
무료 개방 한낮의 사우나실
숨쉬기도 힘든 그림자는 일어서지 못하고 있다

가마솥더위에 푹 고아진 사철탕,
보신탕, 삼계탕이 현수막에 걸려
펄펄 끓고 있는 사이에도
누군가의 생은 목에 걸려
뼈를 발라내고 있다

바겐세일 기간은
서쪽 햇덩이 멱살 잡고
저만치 물러나고 있는 순간에도
불볕더위는 아직도 쇼핑중독이다

제2부

경계선이 아슬하다

흰색 세면대 속에
위기에 처한
거미 한 마리가
벗어나려고 발버둥 치고 있다

자기가 쳐놓은 그물망에서
잠자리는 눈 크게 뜨고 길을 잃었다
제 몸 안에 수많은 길을 가두고
목숨을 걸어 놓았다

한강대교 위에 누군가가
잠자리처럼 길을 잃고
두려움에 흔들리고 있는 찰나
날카로운 비명이 추락한다

산 자와 죽은 자의 경계선을
싹 뚝 자르고 몰려가는 강물
아무 일 없는 듯
물살은 제 길을 흘러가고 있다

생인발

평생 종종거려도 헤어날 수 없어
굴레가 되어버린 길
참 오래 오래 앓았다
김장철 지나며
소금으로 젖은 길이 쿡쿡 쑤신다
반쪽 남은 발톱도 쓰리고 아프다

족욕을 하고 각질을 갈아 낸다
고름을 짜내고 연고를 발라본다
상처뿐인 반쪽 발톱을
무지개 색으로 덧칠해 본다
길은 여전히 쑤시고
아린 통증은 쉽게 낫지 않는다

거울은 물이 되고 싶다

거울은 투명한 물이 되고 싶다
빈 그릇에 가득히 고여
출렁거리는 깊은 상처
아낌없이 쏟아 버리고 싶다

거울은 강물이 되고 싶다
바람을 불러 모아
나지막이 노래를 부르다
풍경 속으로 몸 풀어 놓으면
산이 되고 하늘이 열리고 꽃이 핀다

거울은 바다가 되고 싶다
떠도는 그리움 흘려보내고
상념의 조각들 일몰에 감추며
돌아갈 수 없는 옛날의 상처를 품에 안고
쓸쓸히 소용돌이친다

이따금 거울은
절망의 벼랑에서도 한 모금 축일 수 있는

희망이 되고
기쁨으로 흐르는
하얀 눈물이 되고 싶다

삶은 달걀

둥글게 살고 싶었으나
제대로 살지 못해 죽은 듯 살았다
무른 껍질 속에 자신을 가두고
날아오르지 못한 생은 부활하지 못했다
보호받지 못한 상처에 금이 가고
퍼즐 같은 생이 조각조각으로 벗겨진다

하얗게 질린 속살이 두려움에 쌓여 있고
누군가의 삶을 가둔 눈알이
나를 꿰뚫어 보고 있다

가위밥

탯줄 자르듯 가위질 한다
자르고, 또 잘라내도 자꾸만 자라나는
검은 모발의 뿌리
직선과 곡선으로 길을 내면서
질곡의 시간 속에서 손상되었다
어느 모퉁이 길을 싹뚝 잘라서
쓰레기통에 쓸어 담는다

삐쳐 올라와 솟구치던 욕망도 잘라 내고
웅덩이 상처도 오려낸다
은밀히 숨겨둔 검은 비밀 한 가닥
아무리 잘라 내도
자고 나면 자라 나오는 머리카락처럼
다시 태어날 수 있을까

거울 속 낯선 얼굴에 대고
사각사각, 헛 가위질 소리
가위밥 소리가 수북이 쌓인다

다국적 사랑

벽돌 담 한쪽 구석에
귀퉁이 떨어져 나간 천냥금 화분
그 속에 먹다 버린 토마토가
뿌리를 내렸다
우연히 던져놓은 작은 목숨이
천냥금 화분이 내어준 한쪽에 자리 잡고
오랜 가뭄과
109년 만의 불볕더위에도 굴하지 않았다
서로의 숨소리를 들으며
맞닿은 손도 놓지 않았다

작은 키에 변변치 못한 얼굴로
노총각으로 살던 동네 춘삼씨가
어느 날 베트남 아가씨와 결혼했다
서로 다른 어렵고 힘든 시간들을 견디고
없는 살림에 서로 의지하는 예쁜 모습
알콩달콩 사랑으로 자라나는 귀여운 아기
웃음소리 가득하다

여기저기
서로 마주 잡은 사랑의 열매들이

견디기 힘든 시간 속에 주렁 주렁
아름답게 빛나고 있다

스탠드

훔치고 싶다
너의 부드러운 손길

찌릿 – 찌리릿
만 볼트의 박동
너를 향해 요동치면
터질 듯한 열망이 추파를 보낸다

고요하고 은밀한 이 한밤
스스로 감옥이 되고
짝사랑의 허망한 몸짓으로
간절히 눈빛 밝히는 기다림

달빛 별빛도 여명 속으로 사라져
불나방 기다리는
파수꾼 되어 서성거리다
벽에 걸린 허수아비 같은
옷 한 벌

누구,
불 꺼진 나의 심연에
스위치를 올려다오

청신호

솜사탕 시절
주고받던 달콤한 언어言語들이
의미 없는 언어諺語*가 되었다
열정으로 버무려 언어들은 언어諺語가 되었을 때
녹슬고 무의미해진다
무디어지고
폭력으로 변해버린 언어諺語의 공포
한마디 한마디가 무기가 되어
붉은 신호등으로 서 있다
무심코 던진 언어諺語에
상처로 새겨지는 말, 말, 말
몸짓, 눈짓, 손짓의 언어諺語가 그리운
말은 허기져 있다
메마른 거리를 방황하는
말, 말, 말
청신호를 기다린다

*諺語 : 상스러운 말이라는 뜻

맨발의 강물

늘 맨발이었다
뒤돌아보지 않으려고
앞만 바라보고 달리다
가끔 돌부리에 차이면
상처 난 발은 늘 출렁거렸다

모래 언덕에서
되돌아본 길은 아득했고
혼탁하게 파문을 일으키는 물수제비처럼
잠시 가라앉았던
해묵은 기억을 뒤흔들곤 했다

상처 난 물갈퀴
허허벌판에 숨을 수 없어
물비늘 반짝이며
거친 물살로 달리고 있다

노을 지는 수평선
억센 물살 아래로 흐르는
고요를 찾아

가난한 바람

만취한 바람이
기대고 머물 곳 없어
흔들흔들 휘청휘청
옷자락만 휘날리고 있어요

가끔 달동네 미로를 헤매다
보이지 않는 길 찾아
서럽게 우는 바람
한잔 술에 망각을 구겨 넣으면
긴 목의 가로등이
휘어진 그림자를
가만히 붙들어 본다

얼어붙은 밤
낡은 의자에 걸친 바람
땡그랑 술 한 잔과 나란히
마주 앉아 있어요

새벽 5시

어둠은 빛이 그리워
눈빛을 마주하고
달과 별들이 짧은
이별의 입맞춤을 나누면

야간작업을 끝내지 못한 시계는
저 혼자 바쁘게 돌아가고
빛의 탈출구를 찾아
어둠은 밀폐된 미로를 헤매고 있다

날 세운 그림자 한 줄
온 밤을 끌어안고
끝없는 상념의 벌판을 떠돌다
검은 동공이 하품하며
얼룩진 천장에 스위치를 올리자

서서히 깨어나는 빛
멀리 새벽을 질주하는
소음이 천천히 문을 열고 있다

대화

골목길 창문 사이로 새어 나오는
불빛들. 그 불빛이 타박타박 켜주는
무거운 발소리

대문을 열고 발을 들여놓으면
발등에 묻어 나오는 오래 곰삭은 정막감
결박당해 있던 침묵이 말을 걸어오고
아침에 벗어놓은 허물 몇 점이
환하게 방안을 밝혀 준다

내가 없는 사이. 그 요란스러운 소음들은
어디에 꼬리를 감추고 숨어들었을까
넓은 집이 손바닥만 하게 느껴질 때마다
분신들은 제자리를 찾아 떠나가고
그 빈자리를 채워주는 어둠의 무게

잠시 환하게 밝혀주던 형광들 불빛이 꺼지고
적막이 어둠 속에서 환하게 웃어주면
방안엔
귀뚜라미가 제법 주인행세 하려 든다

가을 옷걸이

옷장을 열면 가을이 오네
산으로 들로 끌고 온 바람이 펄럭이네
나프탈렌 향 가득한 기억들이
좀 먹은 단풍잎 구멍 사이 사이에서
수다를 떨고 있네
늘 그 자리, 그 모습 그대로 걸려서
가을물 드네

철 지난 추억들이
옷장에서 알록달록 단풍 드네
가을 산에 붉게 붉게 몸 태워 가며
목마른 바람에 나부껴도 보고
오래된 책 속의 클로버 잎같이
납작납작 접어도 보네

옷장에 신상 한 벌 안 보이고
유행이 한참 지난 원피스 한 벌이
옛날 내 모습 그대로
가만히 걸려있네

써로게이트[*]

시작 버튼 하나로
전자파로, 사람을 저당 잡아 놓은
공장의 인형들이
자기 분신들을 자동 생산한다

복제 로봇 전자파 회로에
피 한 방울 흐르지 않는데
밥을 하고 말을 하고 사랑을 하고
이혼을 대신하는 로봇 버튼

그러므로 어젯밤 내 꿈의 주인은
컴퓨터이고, 사랑을 말해주던 말벗은
모니터였다
한 생명이 태어나고 세상을 버리는 일이
저 버튼 하나에 달려있다면

너와 나 사이에 흐르는 사랑의 온도는
꼭두각시들이 시켜서 한 일이다

* 영화제목, 뜻 - 대리, 대리인

붙박이장

그녀는 베어진 나무였다
낯선 곳에서 깎이고 다듬어져
틀에 맞춰 조여지고 끼워졌다
마침내 그의 한 부분이 되었다

색색의 나비와 꿀벌들이 쉬어갔다
계절이 몇 번 옷을 갈아입었다
개미가 집을 짓고
매미가 몇 밤을 울어대자
시간은 순식간에 흘러갔다

그와 틀어진 문틈 사이로
먼지들이 날아 들어와
숨이 막혀왔다
빛바랜 옷걸이가 벗어놓은
한 벌의 사랑이
삐거덕, 울고 있었다

구름 눈동자

구름 눈동자를 들고 안과에 갔네

거울 속에서 안개꽃이 어른거리고
국밥 그릇에 피어오르는 구름송이들
초점이 뭉개지고 깨진 새들이
아무렇게나 날아든 하늘가에서
낮별도 가물가물 멀어지고
당신이 문득 보내준 편지에도 구름이 떠있네

약수터에 줄 잇는 사람들 눈망울마다
등 굽은 물고기가 지느러미치고
오존층에 꺾이고 휘어진 벗나무 살갗도
초점 잃고 구름으로 흐르네

깨지고 부스러진 눈동자를 갈아 끼우고
아무리 도수를 높여 보아도
나누어 가질 수 없는 막막한 마음의 영상들
반짝반짝 금이 간 눈동자에
맑은 구름 갈아 끼우러 안과에 가네

헤어 드라이기

누군가 내 손을 잡아 줄 때
붕붕 타오르는 꿈은 이루어진다
열정과 냉정 사이에서 갈망하는
꽃보다 아름다운
당신을 본다
이제야
당신이 선명하게 보인다

별똥별

큐피드 화살 쏘아대며
몇 광년의 길을 달려온 빛
한순간에 사라졌어요

억만년 하루 같이 살고 가자던 약속
제 수명 견디지 못하고
온전히 태워버린 짧은 운명
안타깝고 서러워
무너져 오갈 데 없는 마음 하나
하늘 강가를 방황하고 있어요

봄, 여름, 가을, 겨울
속절없이 지나가도
마음의 문 굳게 잠겨
어둠만이 지키고 있어요

제3부

저8ㄴ

빗방울 랩소디

나는 노래를 부른다
부드럽게 또는 격렬하게
가볍고 신나게 아래에서 위로
톡톡톡 틱틱틱 후드둑 후드둑
위에서 아래로 두드리면 방울지는 울음들

빗방울 소리가 서로 깨우고 일으켜 세우며
하모니를 이룬다
오선지에서 높고 낮은 소리들이
오케스트라가 된다

나는 춤을 춘다
우아하게 때론 강렬하게
먹구름 울고 천둥 구르면 가슴이 뛰고
부드럽고 강렬한 빗소리,
자유롭고 따뜻한 빗방울의 향연이다

빗소리에 나무와 새들의 노래
숲은 우거지고
세상은 아름다운 세레나데를 부른다

새

언제부터일까
몸 안에서 울보가 태어났다
불만과 고집으로 뭉쳐 있는 울보
멈추지 않는 거친 몸부림에
참을 수 없었다
아랑곳하지 않는 울보와
매일 매일 싸움은 고통스러웠다
휴전도 작심삼일
전쟁은 패배로 끝나고
울보는 울음을 그치지 않았다

울보를 위해 노래 불렀다
노래는 어느 처방전보다
약효가 강했다
그제야
울보는 새가 되어
노래를 부르기 시작했다

석양

감나무 한그루 하늘을 이고 있다
목이 휘도록
붉은 감 한 바구니 머리에 이고 있다

무거운 감나무 가지 끝에
까치 한 마리가 붉게 물들어
온몸을 흔들자
순식간에
무르익은 가을 햇덩이가 후 두둑
떨어져 뒹군다

방금 까치가 날아든
서쪽하늘이 말랑말랑하다

비에게 묻다

장맛 비 내린다
낡은 지붕을 뚫어
천정은 빗소리들이 길을 만들고
하늘과 일맥상통하고 있다
길은 날개를 달고
방안으로 사방팔방으로 흩어진다

물이 튀지 않도록
천정에 실을 매달았다
하늘로 되돌아갈 수 없는
날개 접은 길은
실 줄기 따라 스르르 내려와
울컥 가슴에 차갑게 고인다

긴 밤
번개와 천둥이 누군가의 죄를 물으며
폭우가 되어 방안을 덮쳤다
물길이 하나 되어
매몰차게 가슴을 때리고 있다

가을, 시詩를 낚다

연지곤지 찍어놓은 숲에서
햇살이 술래잡기하고 있다
붉은 열매 잠시 숨었다가
바람의 꼬리에 걸려 살랑거리고
단풍 물빛 속에서
시詩들이 유영하고 있다

낚싯대를 드리우면
지느러미 치며 파문이 일고
느리게 또는 아주 빠르게 헤엄치며
찌를 물지 않던 시어詩語들이
기러기 휘파람 소리에 걸려
작은 물고기 시詩 한 줄
첨벙 – 튀어 오른다

산딸기

고즈넉한 산길 옆으로
햇살 바른 양지에 붉게 물든 6월이
살포시 얼굴을 내밀고 있다
검붉은 얼굴에는
흰 면사포 쓰고 시집온
사과 같은 신부의 시간이 녹아있고
거품으로 어르고 달래며 키워온 이야기
시고, 떫고, 달달하게 젖어 있다
손 놓을 수 없어
눈멀고 귀 막고 벙어리 같았던
기나긴 시간을 잘도 견디며
햇살 좋은 날 꾸벅 졸고 있는
검붉은 어머니 심장 같은 이 한 생이
마구 뒤엉켜 가시넝쿨 풀숲에서
되새김질하고 있다

만추

이 산 저 산
붉게 물들인 치마폭에 금박을 입힌다
해마다 꼭 한번 돌아오는 페스티벌
알록달록 차려입고 파티를 한다

뭉게구름이 무지개 같은 마음으로
황금빛 융단 들판을 지나면
화려한 숲의 궁전
코스모스가 고개 숙여 맞이하고
귀뚜라미 반주에 맞추어
기러기가 노래한다

가끔은
소외된 갈대 무리 들판에 앉아
혼자만의 슬픈 노래를 부르면
구절초 한 다발이 바람에 배달되고
흰 머리 이고 있는 억새들
손 흔들며
마음을 아는지 친구 하자 한다

눈꽃

이 순간을 기다려왔다

수만 개 흰 꽃잎
하늘하늘 춤을 추다
유혹의 몸짓으로
전라의 나를 향해
겹겹으로 온몸을 휘감는다

그 눈부신 자태의 황홀한 입맞춤
모세혈관은 오르가즘으로 출렁이고
대지와 하늘이 뒤집혀 요동치고 있다

잠시 하나가 되는 숨 막힌 절정
질펀하게 흐른 뒤
메마른 가지마다 뜨거운 희열
봇물 되어 터지고 있다

황홀한 봄, 봄

문을 열자
분홍빛 한 아름 날아들었다
가벼운 날갯짓 소리, 소리

여기저기 구석구석
물소리 높여 목욕하는 산과 들
파스텔 빛으로 갈아입는다

노란 병아리 개나리 꽃잎
수줍은 진달래의 화사함에
능수버들 실눈 뜨며 유혹하고

앞산 뒷산
핑크빛 입맞춤이 부끄러워
살금살금 얼굴 붉힌다

황홀한 봄, 봄

벽화

벽이 말을 했다
사철 붉은 꽃으로 피어 있어도
나비 그림자 얼씬거리지 않고
벌들이 날아들지 않는데
어느 손에 꺾이지도
시들지도 못하는 꽃을 피우며
벽은. 저 혼자 중얼거렸다

한때 사람들은
내게도 꽃이라고 불렀다
꽃같이 아름답다고 말했다
가장 아름다운 어느 날
나는 꺾이고, 누군가의 꽃이 되었으나
사랑의 향기도 잠시
꽃망울이 마르고
바라보는 눈길도 사라지고 없다
꽃이 아니라. 그냥 사람인 채
나는 점점 벽이 되어갔다

여름 휴가

하늘은 햇살로 출렁거리고
젊은 꿈들은
바다로 넘실댄다
바람 한 점
땡볕 아스팔트 열기를 피해
산그늘로 숨고 싶고

나는
홀로 방안에 앉아
사우나를 즐기고 있다

소나기

흐린 저녁에
가만히
꽃물이든 바닥을 들여다본다

한순간 후드득—
순식간에 쏟아져 휩쓸고 지나가면
꽃물들은 어디론가 길 떠나고

해바라기 붉은 봉선화
고개 숙이며
나 대신 눈물 쏟아준다

설산

비단에 풀어 놓은
수묵화 한 점

밤새
눈 내리고
길 잃은 나그네
흰 꽃이 되어 서 있네

가을 백담사

그곳에 가면
좁고 긴 길들이 가을을 향하고 있다
굽이굽이 끝없는 외길을
에메랄드빛 물줄기 따라 오르면
고즈넉한 둘레 길에
붉은 단풍이
하얗게 빛나는 돌탑을 축원하고 있다
투명한 물속에 빛나는 조약돌처럼
시린 시간을 견디고
돌고 돌아가는 길 끝으로
영원한 생명을 기원하는 사람들의 소원이
불빛처럼 빛나는 곳
한때의 피난처도 시간을 벗기고
부처의 마음으로 돌아가는 곳
강원도 인제군 용대리 263
그곳에 가면
수많은 소원들이 탑을 세우고
가다가 쉬다가 놀다가
수많은 번뇌 내려놓으며
108배 기도로
내가 나를 바라볼 수 있는 그곳

야생화

아무도 봐주지 않아도
꿈은 포기하지 않는다
피지 않는 것은 아니다
그렇다고 꿈이 없는 것은
더욱 아니다
겨울 얼음장에서도
무더운 여름 수풀 속에서도
이슬 한 모금, 구름 비켜 나온
햇살 한 줄, 달빛 한줄기에도
이름도 성도 없는 이름으로
여기
한 생이
술래 없는 숨바꼭질하고 있다

검룡소를 가다

태백에 가면 한강이 있다
산으로 안아주고
강으로 품어주는 백두대간의 발원지

하늘을 솟는 산갈나무 기둥 사이로
흐르는 그늘들
야생화와 풀숲 사이로 들려오는
이름 모를 새 울음도
그대로 한강이 된다

솔숲에서 느티나무 밑동에서
새어 나오는 태백의 샘물이
서해로 남으로 흘러서
검은 용이 산다는 한강을
따라 흐른다

거울의 기억

거울 속에서
어머니가 걸어오시고
아버지가 걸어오시고
또 내가 걸어가는 길이 보인다

겨울로 가는 길목에서
아버지는 물이 되었다
퉁퉁 부어오른 물은
되돌이표 없는 길이 되었다

어머니의 가슴에 박힌 못으로
주름투성이의 손으로 그린
굴곡진 눈물은 범람하여
사행천이 되었다

나는 유리 벽 속의 자유로운 새가 되었다
모든 것을 품었다 흘려버린 기억들이
얼음판 되어 반사하고 있다

거울 속에는
꽃이 피고

낙엽이 지고
눈이 내리고
내가 끝내 잘라버리지 못한 길이
터벅터벅 흘러가고 있다

고사목

한때는 아름드리
게으르게 걸어오던 시간은
달아나고 없다
새 울음 꽃 같은 봄날이 찾아와도
연둣빛 촉수는 켜지지 않는다
숨 쉴 수 없으니 눈을 뜰 수도 없다
그저 하늘을 부둥켜안고 바람에 흔들릴 뿐
떠날 수도 없다

껍데기만 남아 잊힐까 두려워
애벌레를 키우고
노루궁뎅이를 부르면
칡넝쿨이 가만히 손 내밀어
속살을 어루만져주기도 한다

나무와 새들에 대한 기억은
산이 되고 바람이 되는 것
누군가의 발걸음 소리에
귀 기울이며 이정표로 서 있다

제4부

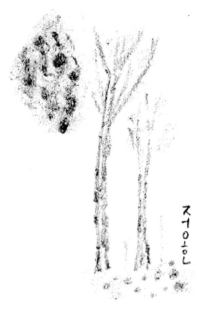

빗질하다

어린 시절 어머니는
겨우 한 줌 안 되는 머리카락을
촘촘한 빗으로 빗어
검은 고무줄로 꽁꽁 묶어 주셨다
그때마다 머리카락이 당겨 아팠다

유년의 유일한 놀이었던
검정 고무줄을
묶었다 풀었다 하는 사이
사람들은 지금 어디에서
제 삶을 빗질하며 아파하고 있을까

바람이 나뭇잎을 어루만지고
미화원이 거리를 다시 빗질할 때
한 줌 햇살이 그의 거친 손을
온기로 빗질하듯
아이들의 맑은 웃음소리가
온 삶을
부드럽게 빗질하고 있다

흔적

생쥐가 되어버린 시간은
먼지가 도배를 한
오래된 서랍장을 열지도 않고
야금야금 갉아 먹었다

구멍 뚫린 서랍장 안에는
몇 년 전에 시장 모퉁이에서
노점상이 팔아넘긴 손톱깎이가
탈출할 기회를 노리고 있고
작은아이 중학교 졸업사진에
묻어온 얼룩이 비집고 앉아
어루만지고 있었다

잡동사니로 어수선한
꽃다운 나이에 시집온 서랍장은
어느 사이
빛바랜 칠 사이, 삐거덕삐거덕 흠집들
애물단지 고물로 남아 있었다

황홀한 슬픔

어느 날
모든 것이 떠났다

미처 피어보지 못한 철쭉은
제 슬픔을 순순히 받아들이고
사랑을 말해주던 꽃가지는
칼바람에 꺾이고 부러지고 없다

여기에는 사랑을 근거할 누구도
사랑의 상처를 대신할 그 누구도 없다

사랑이란 그런 것이다
감당할 수 없는 꽃바람의 열정은
쓰나미로 왔다 사라지고
그 고즈넉한 자리엔
뒤채이다 돌아눕는 적막감뿐이다

황홀한 슬픔이다

때로는
그 슬픔의 언저리에

열병을 싹틔우려는 어린 잎새들
둥지를 나온 저녁 새 울음이
가만히 말문을 열어주고 간다

사랑이 떠나간 방 한구석
잠들지 못하고 뒤채지는 벽지가
빛바랜 그림자로 누워있다

소리 없이 떠나버린 바람처럼
모든 추억은 잠시 머물다 떠난다

고장 난 시계

오랜 시간
소처럼 살아온
시계가 고장 났다
온갖 약과 명의로도
숭숭 뚫린 뼈마디가
어긋나 되돌릴 수가 없다

쟁기 끌고 돌밭 고르던
등 휘어진 시간들은
오랜 시간 충전되어도
눈 깜짝할 사이에 방전되어
수명 거덜 난 폐건전지가 되었다
걸어온 분침과 앞으로 걸어갈 시침은
녹슬어 제자리걸음을 하고
이따금
비명으로 들리는 아버지의 숨소리
알람처럼 울리고 있다

붉은 사과

붉은 햇살 한 조각
와사삭 깨물자
긴 시간 칼바람 견뎌온 향기가
세포 하나하나 톡 톡 꿀이 되어 터지고
비와 바람에 표류한 단단한 속살은
새콤하게 온몸을 출렁거렸다
긴 긴 여름
가지 끝에 매달려
흔들리고 휘청이며 숨 쉬던 시간이
입안 한가득 고여 있고
녹음 속에서 통트는 하늘빛 갖기 위해
땡볕을 굴리던 목마른 살갗
우주를 닮고
아기의 붉은 볼을 닮고
내 배꼽을 닮았다
가만히 귀에 대보면
엄마의 뜨거운 심장 소리가 들린다

노점상

남루한 보도블록이 손을 내민다
보이지 않는 도로의 끝을 향해
신발들은 아무 생각 없이 스쳐 지나가고
저 여기 있어요—
쭈그린 허름한 박스가 목소리를 높이고
과일들은 서로 눈치 보며 얼굴을 붉힌다
으슥한 그림자를 끌고
주름진 손길이 먼지를 털고 있다

굽어진 등 넘어
비누 거품 같은 하루가 지나간다
먼지바람 속
가끔은 싸구려 종이 박스 안의 꿈들이
아파트 계단을 오르고
무심한 눈길에 지친 낡은 신발은
시린 콘크리트 위에서 무겁다

둥글게 하루를 살지 못하고
갈라진 어머니의 뒤꿈치가
내 하루를 일으켜 세우고 있다

정류장

거식증에 걸린 푸른 신호등이
깜빡이는 사이
20대의 시간이
횡단보도에 잠시 걸려있다 사라지고
과속으로 달려왔던 고속도로 끝에
섭식장애로 토해버린 기억들까지
병목현상을 일으키고 있다

일력이 보름달을 조금씩 갉아 먹는 동안
땅거미가 일방통행으로 달리던
아스팔트를 역주행하면
표지판 없는 정류장이 생과 사를 나누고
붉은 신호등이 내일의 신문을 인쇄하고 있다

60대의 비상 점멸등이 깜빡거린다
헤드라이트 불빛 꼭짓점은 길을 잃고
정류장을 기억하는 풍경들이
잠시 머물다 사라진다
과속방지턱에 걸린 버스가
덜컹거리며 오고 있다

국화차 그녀

꽃잎을 띄우자
돌아섰던 가을이 다시 돌아왔다
뜨거운 눈물을 삼킨 그녀가
마른 몸 일으켜
찻잔 위에 노랗게 피어올랐다

지난 늦가을에
유방암에 걸린 그녀가
다시 올 수 없는 길을 떠났다
찰나의 시간을 살기 위하여
그녀는
뼛속에 땡볕을 품고
깊은 어둠 속에서
미이라가 되어 견뎌야 했다

마른 국화꽃 그녀가
뜨거운 찻잔 속에서
꽃잎으로 되살아 왔다

황토밭 고구마

눈오는 날이면
할머니 장롱 속 깊이
보자기에 숨겨놓은
한 움큼 알사탕 같은
붉은 고구마
솥 안 가득 익어간다

10월이 오면 할머니는
자궁 같은 밭을
호미로 살살 풀어 헤쳤다
넝쿨로 감아 내린 붉은 해가
뽀얗게 살 올라 주렁주렁
하늘을 향해 날개를 폈다

붉은 해가 타오르던 텃밭
숭숭 뚫려 서리가 얼고
먼 길 떠난 할머니
목이 메 온다

등대

어머니의 섬에는
나침판이 없다
시간의 문패 없는
섬 아닌 섬을 지키고
기다림은 밤과 낮으로 쉼 없이
멀미 앓았다

언덕의 막다른 집은
첩첩산중에 갇혀있고
나무와 새 그림자가
문고리를 흔들면
불나방 타오르는 그리움이
어둠을 밝힌다

지척의 하늘 아래
폭풍우, 성난 파도에도 늘 기도로
몸 열어주는 외로운 섬
그곳에는
온몸을 한 줄 빛으로 서 있는
어머니 등대가 있다

옥수수

한여름 뙤약볕 아래서
아이들이 헝클어진 머리카락을
바람에 날리며 숨바꼭질하고 있다

배곯던 어린 시절
나는 밭두렁 같은 좁은 골목길에서
저녁 늦도록 놀이에 열중했고
흔들리는 등불 밑에서
학교 급식 옥수수빵을
동생과 한 입 더 먹기 위해 아웅다웅하였다
옥수수는 늘 배고픈 밥이었다

이제 밥은 오랜 시간
알알이 잘 익고 부풀어서
어른이 되고
살찐 세상의 유리창 넘어
나를 바라보고 있다

침묵의 길

분주한 거리
밤길을 질주하는 헤드라이트
은행나무 사이로
한순간 빛줄기 머물다 사라진다
아버지……
임종을 보러오라던
전화기에 잠겨드는 목소리
열흘 전이었다
아버지의 시간은 이승과 저승의 경계를 허물고
침묵 속으로 길을 밀고 있었다
오랜 세월
느리게 느리게 괴롭히던 고통의 허물 벗으며
먹어도 먹어도 배부르지 않을
저세상 사람들의 밥
숨죽여 눈물로 훔치고
언젠가는 모든 것이 사라진다는 진리 속
가슴을 울리던 발소리는
흙이 되고
꽃이 되고
별이 되었다

문득 아버지 생각에
잠은 오지 않고
창밖으로 어둠 속 헤드라이트
눈송이 흐드러지게 꽃으로 피어나고
밤하늘 무수한 별들이 반짝인다

풍경소리
– 故 김원각 선생님을 기리며

겨울 어스름
속세 떠난 풍경이
초여름 나뭇잎 사이에서 들려 옵니다
늘 변함없는
골짜기의 맑은 물소리같이
산사의 부드러운 바람으로
해탈을 꿈꾸고
온 세상에 풍경을 울리며
살다 잠이 드신 당신
속세의 마지막 날 머금었던
당신의 잔잔한 미소가
가슴으로 먹먹하게 스며들고
이제는
더 이상 들을 수 없는 고귀한 생각들이
별. 구름. 벌레, 눈사람, 불나방, 소쩍새 되어
그 많은 아픔과 상처들을 치유하며 새롭게 태어나
마음에 되새기고 있습니다
당신이 떠나고
나직이 들려오는 풍경 울음이
따뜻하고 부드럽게
때론 날카로운 세상을 풍류하고 화해하며

자연의 이법을 깨치고
어디에서나 행복 하라던
귀한 당부가 귓가에 맴돕니다

두통

양복점 최씨는
흰 양복에 백구두를 사랑했다
슬하에 1남 3녀, 자식보다
흰색 정장과 구두를 사랑했다

뭇 여인들의 영혼을 빼놓았던
그림 같은 풍채는 사라지고
추문으로 가득했던 그의 몸에서
흰 뼈가 앙상하게 드러나고
한 평 방안에 홀로 누워서
젊은 날 욕망의 몸뚱이를
암에게 내어주고 있다
한이 한을 만들어 내며
남남으로 살아온 오랜 시간들은
천륜으로 다시 이어진다
남의 생을 돌아보는 일도
어쩐지 편두통이 몰려온다

머리를 물들이다

아침에 머리를 감는데
수챗구멍에 머리카락이 한 움큼 엉켜 있다
검은 머리, 흰머리, 노랑머리
한 올 한 올 제 길을 잘도 걸어왔다
팔순 어머니는 늘 머리를 검게 물들였다
물들이는 횟수가 많아질수록
어머니의 몸은 점점 가벼워지고
내 가슴도 검붉게 물들어갔다
얼마나 많은 길을 걸어왔던가
얼마나 오랜 시간을 아파했던가
그 얼마나 많은 날을 부대끼며
살아왔던가

돌아갈 수 없는 반백의 시간이
숭숭 열리고
거울 앞에 부스스한 어머니 모습으로
못난 내가 서 있다

겨울 이별

겨울이 울고 있습니다
먼 길 떠나야 하는 마음은
벌 받은 아이처럼
누더기 하나 걸치지 못하고
잿빛 하늘 아래 우두커니 서 있습니다

이별이란 단 한마디 말도
들려줄 수 없어
하얀 발자국만 무수히 찍어놓으며
눈물로 굽이굽이 골짜기에 흐릅니다

저 남녘 어딘가에서
광야의 아지랑이 소리
아물아물하며 올라오는데
잔설로 남은 발걸음
꽁꽁 얼어 더 이상 떨어지지 않습니다

아무 말 없이 기다린다는 편지 한 통
바람에게 실어 보냅니다

나목화 裸木畵
– 암 병동에서

오랜 시간
삭정이의 몸으로 칼바람에
뒤틀린 몸과 마음
얼음벽을 무겁게 매달고 있다

앙상한 손으로 그려진
그녀의 울퉁불퉁한 삶
숨을 쉴 수도 없다
눈을 뜰 수도 없다
바람 따라 떠날 수도 없다

봄이 와도
훌훌 피어날 수 없는
빛바랜 그림 되어
겨울 산 같은 그녀
연둣빛 촉수는 켜지지 않고

창문 밖
발효된 바람에 꽃잎 무심이 날리고 있다

단단한 슬픔의 힘

나정호

극작가

모든 눈에 보이는 것들은 저마다 아름다움을 감추고 있습니다. 해거름에 드러난 자작나무 발등, 빗물에 씻겨 우연히 들통난 돌멩이의 못난 얼굴도 햇살이 그림자를 거두어들일 때 그 색채와 온기를 더욱 선명하게 바꿔줍니다. 정작 아름다운 것은 우리 눈에 보이지 않지요. 강물이 한 방향으로 흐르고, 빈 나뭇가지를 바람이 어루만져주고 가는 이치와 같습니다. 그러므로 정작 아름다운 것은 보이지 않는 것들과 술래잡기가 아닐까요. 예술이 그러하지요. 예술은 현실을 현실이 아닌, 그야말로 엉뚱한 무엇으로 바꾸어 놓고 맙니다.

이른바 발견이나 발명이라는 말은 무언가에 덮여있거나, 닫혀있는 것을 들춰내거나 열어본다는 뜻이지요. 그러므로 아름다움은 곧 발견이며, 그 발견자가 바로 예술가입니다. 그런 의미에서 김성자 시인의 『어느 날 모든 것이 떠났다』에 수록된 시들은, 마음의 빗장을 열고 자기 그림자를 응시합니다. 삶의 자기 발견이지요. 때로 삶은 모든 것을 덧없게 하고 꿈꾸게도 합니다.

먼저 「구멍 난 벽」은 김성자 시인의 시가 발원하는 지점을 보여줍니다.

코트를 붙들고 있던 나사가

어디론가 달아났다

벽이 나사를 풀어 버렸거나

코트가 못을 놓아주었거나

아무튼 어느 한쪽의 배신이 아니라면

가슴에 박히면서

등골이 휘어지도록 버티는 힘으로

자신의 무거운 짐을 버렸는지 모른다

처음부터 벽은 제가 상처로 품고 있는 구멍이

몇 개의 별과 몇 번의 달로

새로 갈아 끼워야 환해지는지

모르는 일이었다

누군가를 껴안을수록

어둠보다 더욱 깊어지는

숭숭 뚫린 나사 자국은

채워지지 않고 더욱 선명해져서

벽은 제 몸 안에 커지는

바람이 송곳이 되어

딱딱한 가슴 깊은 곳을 찌르는

비명을 듣고 있다

— 「구멍 난 벽」 전문

벽은 처음 나사를 받아들일 때 코트의 무게는 계산하지 않았을 것입니다. 이처럼 모든 존재하는 것들은 자기 앞 날을 모릅니다. 삶이 그러하고, 만남이 그러하고, 사랑이 그러하지요. 겨울밤을 견디고 있는 느티나무가 내일 아침 칼바람의 일을 모르고, 사과나무는 천둥과 벼락의 일을 모르고, 하물며 농부의 일을 비구름이 헤아려야 할 이유도 없습니다. 사람의 일이 그러합니다.

시인은 고단한 삶의 정황을 「구멍 난 벽」으로 인식합니다. 톱니처럼 맞물려 돌아가는 일상의 권태와 피로가 「구멍 난 벽」으로 재현됩니다. 곧 자기 발견이지요. 끊임없이 부대끼며 살아가는 삶의 무게가 시인의 심상에서 '나사'로 형상화하여 시적 의미를 부여합니다. 또한, '등골이 휘어지도록 버티는 힘'으로 달아난 나사는 코트의 무게 때문이 아니라, 구멍으로부터의 불편한 자유, 곧 불편한 해방인지도 모릅니다. 곧 시인에게 '나사의 구멍'은 힘겨운 현실을 벗어나려는 심리적 욕구, 자유의지의 표현입니다.

그러나 누군가를 사랑한다는 것은 오히려 자기 상처를 덧입히는 일인지도 모릅니다. 사랑은 유리알 같아서, 서로에게 깊어지면 깊어질수록 자잘한 상처들을 감내해야 하지요. 그래서 시인은 '누군가를 껴안을수록 / 어둠보다 더욱 깊어지는 / 숭숭 뚫린 나사 자국'이라며, 사랑의 상처를 노래합니다.

팔순 노모와 추억으로의 회귀를 통해, 내면 깊숙이 뿌리 내리고 있는 시인의 순수한 마음을 확인하는 작품으로 「상속」을 빼놓을 수 없습니다. 이 시에서 시인은 노모의 희생적

인 사랑과 삶의 의미와 가치를 새삼 돌이켜 봅니다.

팔순이 넘어서도
그녀의 뼈만 남은 몸은
여전히 밭이었다

평생 그 무덤 같은 밭에서
곡식을 뿌리고 김을 매어도
낫으로 잘라낼 수 없는
가시들이 실하게 자리 잡았다

야금야금 가시들이
밭을 갉아먹기 시작했다
쿡, 쿡 찔러댔다
상처투성이 주름 밭에서
가시들은 기름져 갔다

검버섯 같은 가시 그늘에서
삭히고 보듬으며 버텨온 팔순의
삭정이 같은 시간들

어느 사이
내 가슴 한쪽을 비수로 찌르던 가시가
밭이 되어 무성하게 자라났다

− 「상속」 전문

「상속」은 '나'와 '어머니'의 관계성이 시의 기본항을 이루고 있습니다. 생전의 어머니는 '나'의 현실에서 감내할 수 없는 그리움의 대상입니다. 지금은 '나'에게서 떠나고 없는 어머니를 떠올리며 화해의 손을 뻗어봅니다. 하지만 어머니의 기억은 '삭정이 같은 시간들' 속에 아픈 가시로 남아 있습니다. '팔순이 넘어서도 / 그녀의 뼈만 남은 몸은 / 여전히 밭이었다'로, '어느 사이 / 내 가슴 한쪽을 비수로 찌르던 가시가 / 밭이 되어 무성하게 자라났다'라며, 못다 한 사랑의 아쉬움이 시인의 가슴을 '비수'로 찌르는 '가시'가 됩니다.

이른바 어머니에게 물려받은 상속은 풍요한 물질이 아니라, 시인의 가슴을 아프게 찌르는 사랑의 상처입니다. 그것은 이제 세상에 없는 어머니에 대한 무한한 사랑과 그리움입니다. 우리의 어머니와 딸은 서로에게 매우 특별한 존재입니다. 특히 딸에게 어머니의 존재는 여성으로서 삶의 모델이기도 하지만, 핏줄의 의미를 뛰어넘어 떼어낼 수 없는 모성이 흐릅니다.

그래서 시인에게 어머니는 '무덤 같은 밭'이고, 가슴을 찌르는 '가시'이기도 하고, '검버섯 그늘'이며, '비수'입니다. 그러한 것들이 시인의 심상에서 그대로 어머니의 환생이며, 시인의 내면을 투영해 보는 거울이 됩니다. 이처럼 시인은 사랑과 연민, 그리움과 삶의 열정을 노래합니다. 무엇보다도 자기 삶의 경험과 생각을 애써 꾸미려 들지 않고 자기만의 언어 세계를 구축하고 있습니다. 그리고 나름대로 시적 표현의 한계를 극복하려는 실험을 통해 시의 새로운 가능성을 개척해 나가려는 흔적들도 인상적입니다.
 대표적으로 「거울은 물이 되고 싶다」가 그것입니다.

거울은 투명한 물이 되고 싶다

빈 그릇에 가득히 고여

출렁거리는 깊은 상처

아낌없이 쏟아 버리고 싶다

거울은 강물이 되고 싶다

바람을 불러 모아

나지막이 노래를 부르다

풍경 속으로 몸 풀어 놓으면

산이 되고 하늘이 열리고 꽃이 핀다

거울은 바다가 되고 싶다

떠도는 그리움 흘려보내고

상념의 조각들 일몰에 감추며

돌아갈 수 없는 옛날의 상처를 품에 안고

쓸쓸히 소용돌이친다

이따금 거울은

절망의 벼랑에서도 한 모금 축일 수 있는

희망이 되고

기쁨으로 흐르는

하얀 눈물이 되고 싶다

　　　　　　　　　　　　　　－ 「거울은 물이 되고 싶다」 전문

　시인에게 '거울'은 겉으로 비춰 보이는 모습이 아닙니다. 내면의 모습까지도 현실 속 존재로 환하게 밝혀주는 도구입니다. 거울은 욕망을 비춰보는 장치로써, 각도에 따라 그 내면의 욕망을 대비시켜줍니다. 그것은 시인에게 꺾이고 일그러진 상흔으로 투사되고, 거울은 다시 시인의 마음에 흐르는 강물이 됩니다. 무형의 마음을 강물이라는 유형, 그 강물의 모습을 형상화하고 있지요.

　또한, '이따금 거울은 / 절망의 벼랑에서도 한 모금 축일 수 있는 / 희망이 되고 / 하얀 눈물이 되고 싶다'라는 것으로, 상처와 비애, 쓸쓸하게 메말라가는 슬픈 공간을 만들어 냅니다. 예컨대 거울의 이미지는 상징과 의미가 상반되거나 어긋나고 있습니다.

　모든 흉터는 상처의 그림자이며 아픔의 흔적입니다. 그런 의미에서 시인에게 '거울'은 사랑의 힘으로 연결해주는 치유의 도구가 아닐까요. 상처받은 영혼의 좌절감은 어떤 몸부림으로도 감내할 수 없는 슬픔입니다. 그래서 시인의 삶은 회한과 슬픔의 정서로 물들어 있는지도 모르겠습니다.

　　　탯줄 자르듯 가위질한다

　　　자르고, 또 잘라내도 자꾸만 자라나는

　　　검은 모발의 뿌리

직선과 곡선으로 길을 내면서

질곡의 시간 속에서 손상되었다

어느 모퉁이 길을 싹둑 잘라서

쓰레기통에 쓸어 담는다

삐져 올라와 솟구치던 욕망을 잘라내고

웅덩이 상처도 오려낸다

은밀히 숨겨둔 검은 비밀 한 가닥

아무리 잘라내도

자고 나면 자라 나오는 머리카락처럼

다시 태어날 수 있을까

거울 속 낯선 얼굴에 대고

사각사각, 헛 가위질 소리

가위밥 소리가 수북이 쌓인다

- 「가위밥」 전문

「가위밥」은 삶의 현실을 진술하게 드러내는 서사적 진술로, 서정적 자아인 '나'의 주관적 감정이 삼투되고 있습니다. 또한, '거울 속 낯선 얼굴에 대고 / 사각사각, 헛 가위질 소리'로 던져주는 자아 의지는 삶의 무게를 감당하기에는 너무 여리고 애잔해서 차마 아프게 느껴집니다. 또한, 시인의 반복되는 일상은 '탯줄'과 '직선과 곡선의 길'로 형상화된 자아의식의 표현물이 오히려 정경의 따뜻함을 더하고 있습니다.

김성자 시인의 또 다른 매력은 외로움과 청순미의 극치라 하겠습니다. 예컨대 있는 그대로의 삶, 생활 그 자체가 바로 시의 질료가 됩니다. 작품들은 일상의 경험 과정에서 삶의 소중하고 의미 있는 가치를 통찰해 내려는 흔적들로 생생합니다.

누구나 현실의 무게와 긴장의 결박을 벗어나지 못합니다. 그러나 김성자 시인은 그것이 가능하다고 믿습니다. 그 믿음을 「대화」를 통해 시의 세계를 구현하고자 합니다. 오히려 '결박당해 있던 침묵'이 말을 걸어온다고 꿈꾸기도 하지요. 그 꿈은 시인의 유토피아일까요. 아니면 막막한 현실로부터의 도피일까요.

골목길 창문 사이로 새어 나오는
불빛들, 그 불빛이 타박타박 켜주는
무거운 발소리

대문을 열고 발을 들여놓으면
발등에 묻어나오는 오래 곰삭은 적막감
결박당해 있던 침묵이 말을 걸어오고
아침에 벗어놓은 허물 몇 점이
환하게 방안을 밝혀 준다

내가 없는 사이, 그 요란스러운 소음들은
어디에 꼬리를 감추고 숨어들었을까

넓은 집이 손바닥만 하게 느껴질 때마다

분신들은 제자리를 찾아 떠나가고

그 빈자리를 채워주는 어둠의 무게

잠시 환하게 밝혀주던 형광등 불빛이 꺼지고

적막이 어둠 속에서 환하게 웃어주면

방안엔

귀뚜라미가 제법 주인행세 하려 든다

―「대화」 전문

　김성자 시인의 시 쓰기는 침묵을 깨워주는 의식이 아닐
까요. '대문을 들어서면 오래 곰삭은 적막', '결박당해 있
던 침묵'과 '아침에 벗어놓은 허물 몇 점'이 말이라도 걸어
줄 것만 같습니다. 그렇습니다. 침묵은 어떤 속도로 꿈틀
거리고 있습니다. 다만, 손에 잡히지 않고, 눈으로 보이지
않을 뿐입니다. 빈집의 공간 또한 뒤틀리거나 휘어지면서
말을 참고 있을 테니까요. 어쩌면 시인의 집은 어두운 골
목 모퉁이에 서 있는 불빛이거나, 변두리에 말똥말똥 서
있는 공중전화부스인지도 모릅니다.

　구름 눈동자를 들고 안과에 가네

　거울 속에서 안개꽃이 어른거리고

　국밥 그릇에 피어오르는 구름송이들

　초점이 뭉개지고 깨진 새들이

아무렇게나 날아든 하늘가에서

낮별도 가물가물 멀어지고

당신이 문득 보내준 편지에도 구름이 떠 있네

약수터에 줄 잇는 사람들 눈망울마다

등 굽은 물고기가 지느러미치고

오존층에 꺾이고 휘어진 벚나무 살갗도

초점을 잃고 구름으로 흐르네

깨지고 부스러진 눈동자를 갈아 끼우고

아무리 도수를 높여 보아도

나누어 가질 수 없는 막막한 마음의 영상들

반짝반짝 금이 간 눈동자에

맑은 구름 갈아 끼우러 안과에 가네

– 「구름 눈동자」 전문

  우리가 살아가는 이 세계는 보이는 것과 보이지 않는 것으로 나누어 존재합니다. 눈에 보이는 아름다운 것들은 금방 우리를 질리게 합니다. 그러나 보이지 않는 것들은 안으로 고요히 빛을 뿜어냅니다. 정작 아름다운 것들은 육안에 드러나지 않습니다.

  그런 의미에서 「구름 눈동자」는 보이는 것과 보이지 않는 것의 경계입니다. 시인은 '구름 눈동자'를 들고 '안과'에 가는 길입니다. 시인의 눈망울에는 '안개꽃'이 피고, '국밥 그릇의 구름송이'도 피어납니다. 하물며 '당신이 문득 보내준 편지'에도 구름이 떠 있습니다.

하지만 처음부터 인간의 시력은 불완전하고 오류투성입니다. 인간의 몸에 블랙박스처럼 섬세한 시력 장치가 존재하지 않습니다. 그래서 우리는 시각으로 인식한 경험의 틀 속에서 무언가를 짜 맞추려고 부단히 노력합니다. 그런 의미에서 시인의 '구름 눈동자'는 감각과 인식의 도구로서 마음의 눈이 아닐까요.

시인에게 시와 삶은 완벽한 등가를 이룹니다. 문학의 본질이 글쓴이의 체험영역의 틀과 테두리 안에서 이루어지는 것이라면, 김성자 시인에게는 시와 삶의 일치성이 어딘가 남다른 구석이 있습니다. 어떤 새로운 글감을 구하려는 인위적 몸부림이나 억지 흔적도 발견되지 않습니다. 철저하게 시인의 과거와 현실에, 삶의 궤적 위에서 정물화로 놓여 있을 따름이지요. 예컨대 시인에게는 있는 그대로의 삶, 그 자체가 바로 시의 질료들입니다.

벽이 말을 했다
사철 붉은 꽃으로 피어 있어도
나비 그림자 얼씬거리지 않고
벌들이 날아들지 않는데
어느 손에 꺾이지도
시들지도 못하는 꽃을 피우며
벽은, 저 혼자 중얼거렸다

한때 사람들은

내게도 꽃이라고 불렀다

꽃같이 아름답다고 말했다

가장 아름다운 어느 날

나는 꺾이고, 누군가의 꽃이 되었으나

사랑의 향기도 잠시

꽃망울이 마르고

바라보는 눈길도 사라지고 없다

꽃이 아니라, 그냥 사람인 채

나는 점점 벽이 되어갔다

- 「벽화」 전문

「벽화」는 시인의 삶과 사랑의 의미와 가치를 애잔하게 그려놓은 자화상입니다. 시인의 꽃 같은 시절의 사랑과 애증을 넘어서려는 차원의 것인지도 모릅니다. 「벽화」는 '벽'과 '나'를 동일시하여 사랑의 연민과 애증을 풍경화로 담아놓은 자전적 소품입니다.

꽃같이 젊은 날은 가고, '사철 붉은 꽃으로 피어 있어도' '나비와 벌이 날아들지 않는' '벽화', 결국 '어느 손에 꺾이지도', '시들지 못하는 꽃'은 '벽'이라는 공간으로 존재합니다. 그것은 회한으로 가득 찬 시간의 흐름이지요. 이러한 시적 인식에는 돌아오지 않을 시간을 전제로 회한의 빗장을 열어주는 의식이기도 합니다.

김성자 시인의 표제를 담고 있는 「황홀한 슬픔」은 사랑의 상호작용과 순수의 의미와 가치를 통찰하고 있습니다.
무릇 사랑은 상호작용입니다. 서로에게 눈과 귀를 멀게
하는 두뇌 작용이 수반됩니다. 그런 의미에서 사랑은 서
로에게 불편한 행복, 불편한 자유, 불편한 아편이기도 합
니다.

어느 날
모든 것이 떠났다

미처 피어보지 못한 철쭉은
제 슬픔을 순순히 받아들이고
사랑을 말해주던 꽃가지는
칼바람에 꺾이고 부러지고 없다

여기에는 사랑을 근거할 누구도
사랑의 상처를 대신할 그 누구도 없다

사랑이란 그런 것이다
감당할 수 없는 꽃바람의 열정은
쓰나미로 왔다 사라지고
그 고즈넉한 자리엔
뒤채이다 돌아눕는 적막감뿐이다
황홀한 슬픔이다

때로는

그 슬픔의 언저리에
열병을 싹틔우려는 어린 잎새들
둥지를 나온 저녁 새 울음이
가만히 말문을 열어주고 간다

사랑이 떠나간 방 한구석
잠들지 못하고 뒤채지는 벽지가
빛바랜 그림자로 누워있다

소리 없이 떠나버린 바람처럼
모든 추억은 잠시 머물다 떠난다

– 「황홀한 슬픔」 전문

시인은 어느 날 문득 사랑이 떠나고 없는 자리를 응시합니다. '사랑을 말해주던 꽃가지'는 '칼바람에 꺾이고 부러지고' 없습니다. 그렇다고 '사랑을 근거할 누구도', '사랑의 상처를 대신할 그 누구도' 없습니다. '꽃바람의 열정'은 '쓰나미로 왔다 사라지고', 오직 '뒤채이다 돌아눕는 적막뿐'입니다. 결국, 세상의 모든 아름다움은 소리소문없이 왔다가 사라집니다. 그래서 우리는 영원한 사랑, 영원한 아름다움이 없다고 노래하고, 슬퍼하는지도 모르겠습니다.

이처럼 김성자 시인의 시 세계는 서정시의 근원을 이루고 있습니다. 곧 현대 시 정신과 떼어낼 수 없는 연관을 맺고 있지요. 시인의 현실은 상투화되고 획일화된 공간이며, 혼란스러운 유토피아입니다. 또한, 생명력이 거세된 공간이며, 시인의 인식과 충돌하는 불편한 장소입니다. 시인은 그곳에서 자기 현실에 편입할 수 없는 욕망, 화해할 수 없는 꿈을 노래합니다.

김성자 시인의 작품들은 삶과 사랑의 성찰, 그리고 투박하고 견고한 사유, 꾸밈없는 표현들이 오히려 순수한 인간미를 느끼게 합니다. 그것들의 근저에는 남다른 삶의 체험과 가혹한 현실 체험의 결실이 용해되어 있습니다.

이제 우리는 시인이 빚어 올려놓은 따뜻한 언어의 만찬을 오래오래 기억할 것입니다. 바람꽃 같은 생의 흔들림 안에서 사랑과 슬픔, 그리움과 비애를 노래하는 김성자 시인의 세 번째 시집 『어느 날 모든 것이 떠났다』 발간을 축하드리며, 따뜻한 감성으로 빚어 올린 언어의 숲을 걸어 나옵니다.

문학과의식 시선집 151

어느 날 모든 것이 떠났다

발행일　　2022년 6월 30일

지은이　　김성자
펴낸이　　안혜숙
디자인　　임정호

펴낸곳　　문학의식사
등록　　　1992년 8월 8일
등록번호　785-03-01116
주소　　　우 23014 인천시 강화군 하점면 강화대로 939
　　　　　　우 04555 서울 중구 수표로6길 25 501호(서울 사무소)
전화　　　032. 933. 3696
이메일　　hwaseo582@hanmail. net

값 10,000 원
ISBN 979-11-90121-34-7 03810